Anna Breitenbach

love shots

Gedichte

Konkursbuch
Verlag Claudia Gehrke

love shots

Ansatzweise

könnte man mich schon
mal küssen, bevor wir
diese Verbindung dann
doch vertiefen müssen.

Hautproblem

Ich hab ein Problem
mit meiner Haut!
Sie will immer nur
das eine, an deine.

Wie das sein kann

Das Räuberlicht draußen
am Haus springt auf dich
nicht an!? - dafür aber
mein Erregungsmelder.

Schon wieder

laufen meine Beine von
alleine zu dir - bin grad
noch so mitgekommen.

Suchmeldung

Wo ist dein Mund,
damit er meinen
findet … und gut
bespricht.

Klare Entscheidung

An meine Haut
kommt nur Wasser
und deine!

Umweltschonende Transportlösung

Du trägst mich
ab jetzt einfach
auf Händen!?

Abstandslage

Wenn ich nicht an deine
Lippen, die Brust, an deine
Haut & Haare rankommen
kann, bin ich ganz arm dran.

Ausnahme, Erlaubnis

Wo, wenn nicht bei
dir, wünsch ich mir so
eine flächendeckende
Fremdeinwirkung?

Mein Fassungsvermögen

ist, was dich betrifft, recht
umfangreich, auch inhaltlich.

Fundsache

Wie du mich anfasst, wie
einen Schatz, den du eben
gefunden, den du ganz für
dich hast, die nächsten
Stunden …

Hänsel & Gretel

Wenn wir uns in den
dunklen Wäldern
verlaufen, finden wir
auf den Wildwegen
heim.

Meine 5 Minuten

gehen mit dir leicht
über den ganzen Tag!
(mal abgesehen von
der Nacht)

Heißhunger

Das nenn ich: sich
hungrig geliebt –
wenn man davon
nie genug kriegt.

Schriftl. Beruhigung

Keinesfalls will ich
mehr von dir haben
als: alles.

Habsucht

Weil wir uns nicht
ganz haben, haben
wir uns ganz.

Ferngespräch

Wie deine Stimme weich
wird unter meiner,
wie unsere Lippen sich
in den Worten finden …

Zusicherung

Wenn ich mal
verloren gehe,
wollte ich nur
sagen: dass ich
nach dir sehe!

Fahndung

Such mich,
wenn ich dich
nicht finde.

Feuerwache

Was ich aufpassen muss,
Tag und Nacht, rund um
die Uhr, dass ich nicht so
einfach losbrenne, zu dir!

Frauenmund

Ich wittre Morgenlust
hört sie sich sagen, in
ihrem Wagen, nachts
auf dem Weg zu ihm.

Notaufnahme

Mach mir deine Haut
auf, lass mich schnell
→ eindringlich sein ←
zu dir rein!

Voll der Stau

und du meine
Rettungsgasse,
den Unfall
lassen wir weg.

man at work

Wie man sich cool und
körperwarm bewegt,
sachgerecht + sinnlich,
erfahren + neugierig:
bei mir Hand anlegt.

Vorläufige Festnahme

Wenn ich in deine Arme laufe,
will ich immer: Zugriff! rufen.
Deine Handschellen schließen
sich fest, um mich.

Lass mich

in deinen Höhlen liegen,
lass mich, vom Dunkeln
leben, lass mich ...
ohne die da draußen.

Höhlenforscher

Meine Wörter wollen
immer in deine Ohren
krabbeln.

Soul

Unter diese Stimme
will ich mich legen
mit nichts als meiner
Haut.

Kurzschluss

Dein Mund schließt
meinen Körper auf!

Schöne Verknüpfung:
du & ich

Lustland

Zittergras und
Gänsehaut, bin
Feuerkraut unter
deiner Hand.

Falsche Beruhigung

Halb so wild!? – Wer
will das denn haben.

Sanfte Frage

Ich will ja nicht in dich dringen.
Aber könntest du mich auch
mal wieder so von oben herab
behandeln, niederringen, mich
stolz auf die Knie zwingen?

Unverschämtheiten

Die Dunkelziffer unserer
Lusttaten ist, fürchte ich,
erfreulich hoch.

Einladung zum Diebstahl

Deine Küsse sollen mir den
Atem rauben, du kannst mir
alles klauen! Mit schwachen
Knien will ich zurückbleiben
und nicht schreien.

Verdeckte Ermittlungen

im Bett, um zu den nackten
Tatsachen zu kommen, den
harten Feststellungen.

Fangfrage

Lass mich dich
lieben oder willst
du lieber Ärger
kriegen?

Vorwarnung

Ich komme! Und ganz
schön geladen, das kann
ich dir aber sagen.

Brandschrift

Feuer machen, das muss
man können.
Ohne Feuer kein Brand!
sagen Brandstifter, mit
dem Stift in der Hand.

Wilderer,

unterwegs in meinem Wald,
pass bloß auf, dass dich die
Beute nicht beißt, freundlich
anfällt und reißt.

Wenn sofort zu langsam ist

Ich wollte mal dein Sputnik
sein, in keiner Umlaufbahn,
so nackt wie ich bin, spute
ich mich direkt zu dir hin.

Kurzes Ende

Er hätte alles von
ihr haben können,
aber das war ihm
zu viel.

Entfernung

Weil das Nahe bei ihm
nicht zu finden war,
suchte sie das Weite.

Mein Lieber,

weil ich weiß, dass es
das letzte Mal wär, dass
ich dich seh, seh ich dich
glaub lieber nicht mehr?

ich so, er so

ich so er so
ich so er so
ich so wie ich
er so wie er
so isser eben

und, wir?

ja
doch
doch durchaus
irgendwie
schon

Fallensteller oder:
Waffenstillstand?

Unter deinen Armen
meine Fäuste im Nest,
dort könnten sie gut
überwintern.

Nachtpost

Seit wir uns nachts
und heimlich
Wörter vors Haus
legen, seitdem
ist ein Freund mir:
die Tür.

Bitte nicht

schon deinen Mund von
meinen Lippen nehmen,
Mund, der sich lossagen
will, von mir, ich weiß.

Versprochen!

Wenn du mich verlässt,
komme ich mit dir mit.

love poems

Lass mich

Lass mich unter
deiner Stimme
lass mich Feder
unterm Flügel
lass mich
an deinem Ohr
Läppchen sein

lass mich ein
beschriebenes
Blatt im Postfach
ach, lass mich
im Eingang eine
schöne schwarze
Nachricht für dich
sein.

Wenn du mich küsst

Unter deinen Lippen
blüht mein Mund auf
unter deinen Fingern
glüht meine Haut
unter deiner Brust
klopft mein Herz
zwischen den Beinen
wächst meine Lust.

Meine Hände

Wie zwei abgestürzte Vögel
liegen sie mir im Schoß, wie
liebestot, aus dem Himmel
gefallen, und es pulst noch
unter den Federbrüstchen

die Krallen abgeblättert
was für ein hochglänzendes
Rot das mal war, langsam
über die Nägel geleckt
verstrichen jeder einzelne
träge Tropfen

an den Fingern die Aromen
dieses schönen Nachmittags
einzusaugen, zu bestaunen
andächtig - wie ein Zitat
aus einem fast schon fremden
Text und so betäubend noch.

Sehvermögen

Mein Sehvermögen ist, was dich
betrifft, beträchtlich und recht
umfangreich! Weil:
Seh ich dich, dann immer gleich
und ganz, von Kopf bis Schwanz.
Ich seh nur dich. Du, in Sicht!
Ausschließlich, exklusivlich: dich.
Viel mehr und sonst noch was
seh ich erst mal nicht, gleich
und ganz, Hals über Kopf, von dir
bekifft.

Sie hieß Maria, weiß ich noch

Sie stieg zu mir in die Wanne
oder ich zu ihr, das weiß ich
nicht mehr.
Ich hatte meine Beine über
ihren oder ihre über meinen?
Das weiß ich nicht mehr und
wo wir die Hände hatten?
Das Wasser war warm wie ihr
Mund, das weiß ich noch und
auch wie ihre Brüste an meine
wollen wie meine an ihre, das
fühl ich noch, aufgeschwollen,
weich und heiß.

Durststrecke

Wenn sein Hemd
leergerochen ist
die ganze Nacht
an meinem Gesicht
an meiner Brust
zwischen den Beinen
wenn sein Hemd
leergerochen ist
nach vielen Nächten
muss ich wieder
zu ihm.

Meine Brüste

Meine Brüste wollen
zu dir kommen, wollen
so warm geschwollen
dir in die Hände fallen
wollen: volles Gefühl!
Meine Brüste wollen
sehr be-liebt werden
von dir genommen
gewiegt und gehalten
meine Brüste kommen
dir ganz gern entgegen
meine Brüste wollen
an mir, zu dir.

Der Schwanz

mal liegt er
mal steht er
mal ruht er
mal schläft er
mal wacht er
als erster auf
sieht sich um
er hat seinen
eigenen Kopf!
mal träumt er
mal bäumt er
sich auf
macht sich
selbstständig
eigenhändig
schafft er sich
hoch, hinaus!
raus will er
rein will er
dafür steht er
dafür lebt er

Autonome Verbindung

Sein Bart ist zärtlich
ohne sein Zutun
sein Mund sucht nach
seinesgleichen
seine Hände finden
selbsthändig den Weg
seine Haut braucht
meine wie meine seine.

Schlaflied für einen fernen Freund

Schlaf gut, mein Lieber
schlaf gut ein! lass dich
in meinen Armen sein.
Schlaf gut, geküsst und
an meiner Brust, will ich
dir Kissen, so weich, ein
Duft, dir köstlich sein.
Schlaf gut, mein Lieber
schlaf gut ein!
Sollst fast für immer
mein Liebhaber sein.

Elisa

Dunkle Augen, in die
helle Haut geschnitten,
ein dunkler Saum über
dem samtroten Mund

eine gefüllte Blüte, die
Blätter fest, ihre Brüste,
Schenkel an sich gepresst

hütet stolz ihren Duft in
sich, eine Rose der Sorte,
die sich so leicht nicht
öffnen lässt.

Schadensvergleich

Mein Ohr schwitzt, sagt er
von mir! sag ich und bin gerührt
das kleine Muscheltier, wie es
sich angestrengt hat – fast eine
Stunde lang –
damit es jedes Wort empfängt
wie's jeden Ton gefangen nimmt
und gleich nach innen zu ihm bringt
wie's jede kleine Perle schleppt

ich halt den Hörer angepresst
und wie fest! merke ich erst jetzt
dass der kein Wort danebenfallen
lässt, verlorengehn, ganz ungehört
und unbesehn – unkommentiert
von mir –
mein Ohr schmerzt, sage ich
von dir! sag ich und bin verwirrt
du hast es unter Druck gesetzt
weil du mich so lang reden lässt!

Fadenlauf, Spannung

Du bist mein
Unterfaden, ich bin
dein Oberfaden
(der Unterfaden
liegt leicht über dem
Oberfaden, wer keine
Ahnung von Nähmaschinen
Schiffchen und Spule hat)

du hältst mich im
Lauf, ich heb dich auf
du lässt mich laufen, ich
lass dich nicht fallen
gibst du mir Raum, zieh
ich dich kaum – halt
mich! und nicht zu fest
halt ich dich.

Warte auf mich (lang)

und das Rauschen des Rockes,
Häuserwände streifend,
Stiefel, Hacken, Abschnitte von
der Straße machen

und die kleine Hitze im Nacken
unter den Haaren, von der
Aufregung, der Ungeduld, dem
Erwarten, gleich, jetzt, bald wird
er mich im Arm, da im Eingang,
Hausflur, halten …

warte auf mich, auch wenn ich
nicht komme.

Warte auf mich (kurz)

wenn ich nicht schon da bin und
außer Atem dir kaum alles auf
einmal sagen und man mich nur
mit Küssen stoppen kann ...

warte auf mich, auch wenn ich
nicht komme.

Frage des Feuers

Brennen wie eine
Fackel mit
glänzenden Augen,
der Funke und! das
Glutnest sein, in
dichtem Waldgebiet,
und es weht ein
nächtlicher Wind …

Ein schöner Brand
ist nicht zu haben
auf kleiner Flamme,
sagen Brandmeister.

Feine Gesellschaft

Wir haben uns in der Hand,
wir haben uns als solche
vom selben Schlag erkannt.
Wir sehn uns, Dieb und Dieb
gegenüberstehn und Beute,
lächeln uns wissend an:

Wir sind Raub und Tier, auf
der Fährte, die Meute,
das atemlose Wild und der
stolz sich ergebende Jäger.
Wir sind uns ausgeliefert,
Komplizen auf Lebenszeit,
Räuber, Lügner & Betrüger.

Räubergeschichten

Wie rau deine Stimme,
so früh am Morgen –
unrasiert! Sag mir, in
welcher wilden Gegend
warst du heut Nacht?

Die Kälte im alten Haus,
der Kaffee in deiner Hand,
erzähl mir, reib mir deine
Stimme in die Haut, schön
wund will ich nachher sein.

Kampfstimmung

Die Spitze meiner Brust
zwischen zwei Fingern
wie eine Zigarette

zieht er mich zu sich
und fragt in meine Augen
was los ist?

Antworten kann ich nicht
weil meine Lippen sich
mit seinen schon streiten.

Das Rosenweibchen

legt sich nieder
und breitet aus
die Stachelglieder
so wird es rosig
hingegeben beben
und jeden Freier
stechen, jeden!

La rose vampire

Sie treibt sich gegen
Morgen unnachgiebig,
vom nächtlich langen
Beutemachen, Lieben,
Jagen recht rosenmüd,
sie schont sich nicht!
in ihre dunkle Kammer,
wo sie sich hütet vor
dem harten bösen Licht
und weil sie so auch
langsamer verblüht.

Vampiriser qn. – jemanden hörig machen

Ganz wie du willst

Eine andere wird dir das
Ohrläppchen anlecken
den Mund und Bart, die
Brust abschmecken
die harten Nippel noch
härter knibbeln
die zarte Flughaut unter
den Armen entdecken
über Nabel und dunkle
Spuren sich weiter nach
unten schlecken, zu
speziellen Standorten
und da recht schlecht
vom Fleck, sehr ungern
wieder wegkommen

eine andere wird dich
haben, be-sitzen und im
Lokal aber immer brav,
kein Übergriff über dem
Tisch! nur drunter dein
Bein, den Oberschenkel
mit ritzerotem Nagel
anritzen, wen aus dem
Ruhemodus wecken –
unauffällig dann das
Hochfahren: online?
checken

eine andere wird dich
nach dem Essen hungrig
und durstig küssen
eine andere wird dich …
oder auch nicht.

Liebesgedicht

Ein Liebesgedicht und was ich aber
immer noch nicht weiß, wie es so
überhaupt mit der Liebe ist, wann
ist es eine oder wann ist es keine?

Man kann sie nicht sehen, hören,
riechen, schmecken, man kann
sie nur entdecken, fühlen, wenn
sie dann da ist, wenn sie es ist.

Wenn sie da ist, wo vorher keine
war! sagen alle. Das kann man ja
nicht wissen, wenn sie nicht da ist,
wenn sie da ist, wirst du es wissen.

Ich hätte es also wissen müssen,
schon beim Küssen? Solange du
da warst, die Fahne hissen, aber
warum wusste ich es dann nicht?

Ein sehr langes Liebesgedicht, für
alle Leute in der Lage

Ein sehr langes Liebesgedicht und
was ich immer noch nicht weiß!?
Ist es Liebe oder ist es nicht?

Es vergeht kein Tag, an dem ich
nicht an ihn denke – das stimmt
schon mal auf jeden Fall, weil ich
mich tagtäglich frage: Liebt er mich
oder liebt er mich nicht?

Ich träume jede Nacht von ihm:
Er steht an seinem Auto oder vor
meinem Bett und sagt mir endlich,
bevor er einsteigt, ob er mich liebt
oder net.

Ich will nebn ihm einschlafen und
neben ihm aufwachen – könnts
da nicht noch was Näheres geben,
zur Auswahl, als immer nur: neben?

Ich will alles mit ihm teilen, Glück
und Leid – vom Glück könnte ich
bisschen mehr behalten, man muss
ja keine Spaghetti spalten.

Ich will mit ihm einschlafen und
mit ihm aufwachen und dazwischen
eben! was solln wir denn die ganze
Zeit dazwischen machen?

Ich würde mein Leben für ihn geben,
ohne zu zögern, mit der Wimper zu
zucken, keine Frage. Aber wie soll
ich dann bitteschön mit ihm leben –
wenn ich's Leben für ihn dann schon
hingegeben habe?

Wir sind für einander geschaffen –
wir sind für einander gemacht!
Und was nicht passt, das wird schon
noch bis zur Hochzeit irgendwie,
ungefähr, zirka passend gemacht.

Ich will ein Kind von ihm, ein Kind
der Liebe. Aber kleine Frage: könnte
es bisschen mehr nach mir aussehn,
ginge das denn? – Das müsste doch
möglich sein, müsste doch gehn.

Keinen anderen Mann kann es neben
ihm geben, keinen, niemals, nie mehr
einen anderen Mann! – Soll das gelten
fürs ganze Leben? Dann schau ich mir
den doch noch mal etwas genauer an.

Ich will bis ans Ende der Welt mit ihm gehn. Könnten wir unterwegs anhalten, stoppen, für einen Espresso, Cappuccino Sprizz, Hugo und ich mal eben noch kurz shoppen gehn?

Tag und Nacht will ich bei ihm sein, die Augen nicht von ihm wenden, keine Minute ohne ihn verschwenden, keinen Schritt ohne ihn tun. – Nun, die übrige Zeit brauch ich aber für mich allein.

Mein Geld soll seins sein und seins meins! – Kein mehr oder weniger, alles eins! Moment mal! Eben rechnen, plus minus überschlagen, kann nicht schaden, den Steuerberater noch fragen.

Ich will mit ihm alt werden. Das wäre so schön, zusammen an einem Stocke gehn. Ja, Rheuma und grauer Star, die Gicht, Demenz mit ihm teilen. Bin ich verrückt? Er kann ja alt werden, wenn er das will, aber ich doch nicht.

Ja, ich will mit ihm alt werden, sterben, keiner soll vor dem anderen gehn. Oder vielleicht wär's doch besser, ich lass ihn erst mal alleine vorgehn und da oben für uns nach den conditions sehn?

Das ist ein sehr langes Liebesgedicht
und was ich immer noch nicht weiß –
ist es Liebe oder lieber nicht?

Und genau das alles fragt man bestimmt
nicht! glaube ich – wenn es Liebe ist.

Brenntage

von diesen, wie sie höher
kaum einzustellen sind

die Schatten in den Wüsten
liegen, hell sich geben

leicht entzündlich, ein Stoff
der entflammbar ist

und wenn, nur ganz, ganz
schlecht zu löschen

das Flimmern fiebrig
das Aufflackern, es kaum

erwarten können, dass …
ja, rote Rosen solls prasseln

eine Brandfläche und ihr
fetter, verdorbener Sound.

Dornrose, Stacheltier

Man muss sich schon
durchschlagen zu ihr
dichtesgestrüpphecke
hochgewachsenewand
durch die man durch
muss, mit Hieb & Trutz
(kein Spaziergang!)
Mut brauchts auch dazu
abweisend wird sie sein
(davon ist auszugehen)
was findet stolzer Ritter
Räuber, Edelmann?
Prinzessin keine, aber
schau sie dir an: eine
dunkelduftenddornige
rosenknosprigzornige
eine alles andere als
verschlafene KÖNIGIN.

Hautsache

Die Haut hält das Fleisch und
des Fleisches Lust im Zaum, die
Fülle in fester Hülle, Außenhaut!
Kommt aber eine Hand, die sich
auskennt mit ihr und ihren ober-
flächlichen, den hauttypischen
Hauteigenschaften, dann und
wann doch fast durchgehenden
Öffnungszeiten, gibt sie wenig
zuverlässig schnell auf, liefert
das Fleisch hemmungslos aus.
Sie kollaboriert ungeniert, ja
kapituliert auf ganzer Linie.
Sie springt geradezu auf, die
sogenannte Schutzhaut, in
verräterischer Offenheit, das
rohe Fleisch wird freiwillig
hingegeben, und schon ufert
es aus, dehnt sich, es schwillt,
wölbt sich dem fremden Fleisch
entgegen.

Krankschreibung oder: love virus

Ich will, dass du anfällig für mich bist
ich will, dass du sehr empfindlich auf mich reagierst
ich will, dass du mich bis in die Knochen spürst

ich will dich mit mir infizieren, permanent
sollst du meine Erreger inhalieren, in deinen Adern
sollen meine Viren zirkulieren, meine Botenstoffe
deine Zellen infiltrieren, DNA-tief penetrieren
meine Lockmittel sollen deine Rezeptoren besetzen
women at work!
subkutan, bis in die kleinste Nervenbahn eindringen:
kleinwüchsige Agenten, molekulare Komponenten

ich will dich wie eine schlimme Krankheit befallen
mich in Herz und Nieren, die Leber verkrallen
sagen wir: einfach alle Organe angreifen, simultan

mit einem Finger dich kaum anfassen, berühren
Flächenbrand verursachen, die Feuerwehr nicht
zu dir lassen, dich mit einem Click, einem Seitenblick
zu jedem gefährlichen Abgrund führen

ich will dich mit dem Heben meiner Wimpern vom
Boden bewegen, meine Stimme soll dich in Verwirrung
in Atemnot bringen und ab von anderen nichtigen Dingen

ich will, dass du anfällig bist für mich
ich will, dass du absolut abhängig wirst
ich will, dass dieser Hunger & Durst nur von mir beruhigt
in Schach gehalten und leider, leider nie ganz gestillt
werden kann, sagen wir, dein Leben lang.

Venusfalle oder festes Fleisch,

das mich fast freundschaftlich so nebenbei am Schenkel streift, sich doch deutlich dann, mächtig, männlich in Erinnerung bringt, bevor es unmissverständlich auf Einlass dringt, ohne größere Geduld an sich, sein Anliegen vorbringt, heißt: kopfstark meinen Bodyguard zu Boden ringt und sich so hart und fordernd den Weg erzwingt – durch scheinbar nachgiebig liebliches Gelände, sanft und hügelig – zielstrebig sich vorwärts schafft, Mulden, Moore, kleine Schluchten, sich einen Zugang, ja lieber gleich ständigen Zugang legt, wie gezogen vom Köder, der Frucht, Feuerkelch, Honigduft, nackt dem natürlichen Lockstoff ausgeliefert, dem süß sündigen Geruch der Gefahr, der Falle! – und offenen Auges, unbeirrt, unaufhaltsam sich weiterbewegt – der Held, tiefer weiter gräbt, forschend und bohrend sich immer weiter rein, reindreht ins Dunkle, rotdunkle Herz der Welt – mit Hochdruck ins Tiefdruckfeld: schwüle Gegend, Luftfeuchte, heftige Niederschläge kann es geben, warme Nässe: ein S u m p f gebiet! aus dem es kein Entkommen mehr gibt, für Schwänze, Schwerter, Lanzen … und Träger, das Fleisch und den Jäger!

Stoffwechsel?

Ich könnte Theater-, Opernenthusiastin werden
Filmfetischistin … zum Fan von Pferderennen?
auf Hunde, die hinter falschen Hasen herhetzen
könnte ich meine Scheine setzen
ich könnte zur steilen Karrierefrau mutieren
zwischen gewinngeilen Bankern, Börsen-Brokern
ich könnte zu den Ultra-Links-Rechtsextremisten
gehn, den Mittelschichts-Christen, zu den ganz
überzeugten Zeugen Jehovas, methodisch
strengen Methodisten, zu den Antifa-, Anti-Atom-
Mensch&Tier-, Pflanzenschutz-Aktivisten
ich will aber was anderes

ich könnte sonntags in die Kirche gehn, mir die
Predigt, Botschaft abholen, für Hostie anstehn
ich könnte jeden Abend ins Casino müssen
meinen letzten Chip vor dem Einsatz küssen
ich könnte verlieren und weiterspielen müssen
ich könnte joggen, walken bis zur Erschöpfung
Zusammenbruch, bis zum Exzess
ich könnte stalken bis zur Anzeige, Telefonterror
Körperverletzung, Prozess
ich will aber was anderes

ich könnte Boxen im Halbschwergewicht
Bodybuilding bis zum Hirnverlust, Karate, Judo
Sumo und 3 weitere Kampfsportarten betreiben
ich könnte bei Yoga, Ayurveda, TaiChi bleiben
bei freier Bewegung in der Natur pur
ich könnte auf Laufbändern, Hometrainern
schwitzen
mich in Saunen, Solarien nackt überhitzen
ich könnte auf teure Wagen abfahren
Luxuskisten, Jaguar, Porsche, schnelle Schlitten
auf Wellness-Weekends, Botox-Spritzen
Schlauchlippen, Silikon-Bowlingkugel-Titten
ich will aber was anderes haben

ich könnte mich ständig straffen lassen, straffe
Strukturen, Konturen, kleine Korrekturen
ich könnte glatt immer noch jünger werden
wollen, nach Face Lifting, Lasern mehr riskieren
nach ästhetisch-plastischen Schönheits-OPs gieren
ich könnte bei der 5. mein Gesicht verlieren

ich könnte mich doch noch und nöcher piercen
stechen, löchern lassen,
zungennieten, brustwarzenberingen
meine Schamlippen metallisch zum Klingen bringen
ich könnte als 1 x Original Siebdruck gehn
jeden Tag im Tattoostudio, den Abend dazu
vorm Spiegel mich drehn, fürs Selfie verbiegen
ich will aber was anderes kriegen

ich könnte mich an Tequila, Wodka, Gin gewöhnen
Hochprozentiges, härtere Sachen, Flüssiges
zur Dauer-Diät machen
ich könnte in Elektro-, Techno-Stürmen, -Orkanen
die Ohren nach hinten wehen, verwelken lassen:
Trommelfelle und Membranen
ich könnte der Leidenschaft für Prada, Gucci und
Loubutins frönen
Vuitton- und Dior-Taschen hamstern und horten
urlauben an karibischen, club-exklusivischen
nur mit dem Heli erreichbaren Inselorten
ich könnte mir Kinderpornos runterladen, mich
an Mini-Muschis und Schwänzchen laben
ich will aber was anderes haben

ich könnte mir Videos, Gewalt reinziehen
mich an Angst und Blut krank weiden
mir in die Arme ritzen, schneiden
ich könnte dem Magerwahn verfallen, mir
den Gürtel immer enger und enger schnallen
ich könnte verstärkt Gauloises, Marlboro
Stängel an Stängel Camel rauchen
ich könnte starke Schmerzmitttel gebrauchen
könnte mich noch mehr für Gras interessieren
für Koks, Crack und ähnlichen Shit, Dreck
ich will aber was anderes inhalieren

ich könnte aus Tüten Kleber schnüffeln
Abflussfrei und Domestos süffeln
im Süßwarenladen nach schwarzen Trüffeln
graben, schweren bittersüßen Schokoladen
ich will aber was anderes lecken, schmecken

ich könnte mexikanische, afghanische …
Vokabeln büffeln
ich könnte mich dem Kampf gegen Pelzjäger
Lederträger verschreiben, Nerzmantelinnen
mit Farbbeuteln anspringen
zur felltierfreundlichen Besinnung bringen
ich könnte deutschlandweit Swinger-Clubs
und Puffs betreiben
ich könnte dem Bio-Hühner-Schweine-Schafe-
Fischzucht-Wahn verfallen
ich könnte mir eine Leiterstelle im Kinderheim
Schullandheim, Internat für meine pädophilen
Neigungen krallen

ich könnte naturtrübes Hefeweizen bis zum
Überlaufen, mit Apfelkorn mich ins Koma saufen
ich könnte nach Ketten von Knoblauch stinken
in Evian, Volvic und Bionade ertrinken

ich könnte Ingwerwurzel, Ginseng in Scheiben
Duftlampen, Räucherstäbchen, Hanfkekse vertreiben
mich in Dritte-Welt-Läden fair behandelt kleiden
ich könnte aromatische Öle auf mir rechtsrum
verreiben
ich könnte Stunden im Whirlpool Jacuzzi baden
bis mir die Haut an den Füßen schrumpelt
ich könnte durch die Wüste Sahari laufen bis mir
das Bindegewebe krumpelt
ich will was anderes haben

ich will was ganz anderes auf-an-in-über-unter-mir
um mich haben Tag und Nacht und dazwischen auch
noch, FrühlingSommerHerbstundWinter
Jahreskarte, Dauerabo, lebenslanges Nutzungsrecht
2 Länder ohne Grenzen, Grundbesitz: mein Gebiet dein
Gebiet mein Feld dein Feld mein Geld dein Geld kein
Geld mein Held dein Held – das will ich sein & haben

ich will jede Bodybutter, Lotion, Körpermilch sparen –
an meine Haut kommt nur deine!
ich will mich natürlich feuchtigkeitsspendend mit dir
liebespaaren
ich will dich organisch wie gewachsen von oben bis
unten hoch breit wie tief mit Haut und Haaren, wie
besehen und an Jahren

und mit allem drin: blanker Unsinn und Trübsinn
komische Anwandlungen, Ängste, Schatten und
Macken, Panikattacken, Träume und Tränen, halb-
herzige Hoffnungen, halbtote Illusionen, unglaubliche
Ersatzreligionen – völlig verrückt?
ja und ich auch, seit Jahren
die andern können wegen mir normal zur Hölle fahren

ich will den Wirkstoff DU wirkungsvoll, ungeschwächt
unvermischt, überall aggressiv angreifend an mir spüren
ich will mich bewusstlos, hilflos, rettungslos verlieren
ich will mit dir glücklich tödlich verunglücken
ohne Reanimieren – versprecht mir das!
ich will dich lieben, beschlafen, beflügeln
vögeln, ficken, egal wie wir's nennen, vor dem
Fernseher in deinem Arm wohlig wegpennen

ich will mich wie Wolle mit dir verstricken
ich will wie der Zeiger dich Uhr beticken, umrunden
ich will mich wie Komponent 1 mit dir 2 in Sekunden
klebend unlösbar, untrennbar verbinden für Stunden
ich will dich kenncoden, downloaden
ich will mich mit dir vernetzen, verlinken
ich will in dir bis zum Anschlag, Füllstrich, bis zum Rand!
und drüber versinken

ja, ich weiß, ich nehm erhöhte Unfallgefahr in Kauf
reduzierte Wahrnehmung
erhöhte Risikobereitschaft
ich gefährde mich und andere vielleicht
ja, ich weiß, es kommt leicht zu schwerer Abhängigkeit
und wie ich das weiß!
ich riskiere meine Gesundheit und meinen Verstand
ist alles bekannt
ich will mich an
keinen! anderen! Stoff gewöhnen, verdammt!
ich will nur dich - de i ce ha - ist das klar!?

ich will dich total, gesamt, emotional und radikal
100% und auch verdreht, geflickt, zusammengenäht
therapieresistent, leicht beschädigt bis schon ziemlich
gestört - hast mich gehört?
ich will dich! sowas von haben haben haben
das kann ich dir gar nicht sagen.

Glaubenssache

Nach der Lesung kommt eine
Frau zu mir. Sie fragt unter uns:
Das, was Sie da gelesen haben,
das lange Liebesgedicht, so was
gibt es in echt aber nicht?
Sagen Sie mir: Das ist doch nur
ein Gedicht?
Was sollte ich der Ungläubigen
zur Beruhigung sagen? – Nein,
natürlich nicht.

„Und diejenigen, die man tanzen sah,
wurden für verrückt gehalten von jenen,
welche die Musik nicht hörten."

(Friedrich Nietzsche zugeschrieben)

50 love shots

30 love poems

Impressum

PF 1621, D – 72006 Tübingen, Telefon: 0049 (0) 7071 66551
Mobil 0049 (0) 172 7233958, gehrke@konkursbuch.com
konkursbuch.de   Facebook: konkursbuch.verlag
Gestaltung: Verlag. Coverfotos, S. 45/46: Claudia Gehrke, wilde Rosen aus Tirimaga.
Vorsatzblätter: Fotos Anna Breitenbach, Schaufenster Alimentari da Loretta, Stuttgart.
Gerne schicken wir Ihnen auch unser gedrucktes Gesamtverzeichnis.
Mehr Lyrikbücher: konkursbuch.de/gedichte/

ISBN: 978-3-88769-332-9. Erscheint auch als E-Book.

ANNAS GEDICHT DER WOCHE
Stundenkleber
Der harte Abstand
hält uns ganz
schön zusammen.

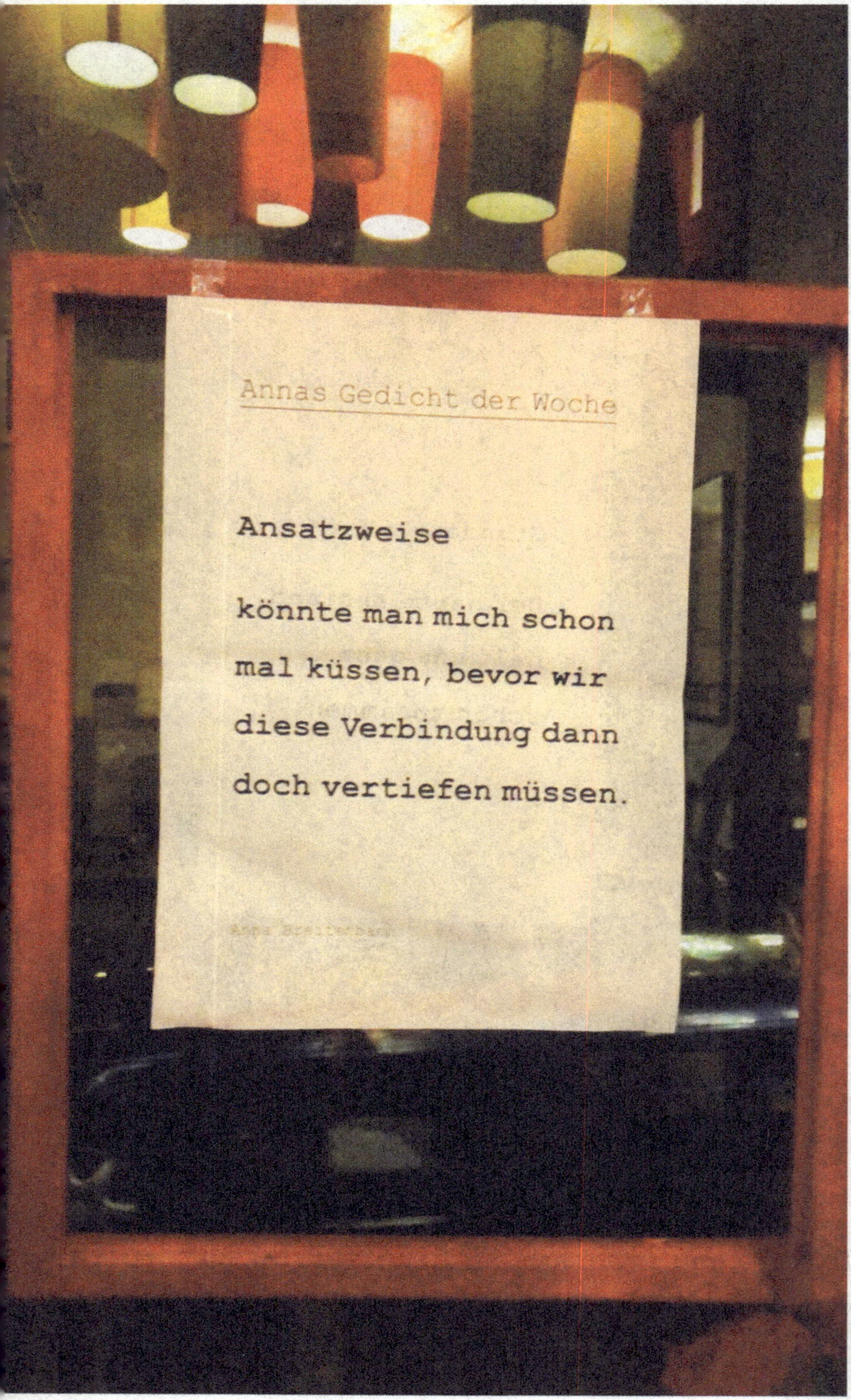
Annas Gedicht der Woche
Ansatzweise
könnte man mich schon
mal küssen, bevor wir
diese Verbindung dann
doch vertiefen müssen.